JN012400

歌 集

いのちの名

出島美弥子
Dejima Mineko

幻冬舎MC

目　次

いのちの名

『めでたくそして美しく優しい子に』と願いをこめて
「美弥子」という名にしたんだよ。

ある日母に聞いた。わたしの名前の由来は？
母は言う。
めでたくそして美しく優しい子になってとの思い。
母の言葉が耳に残る。
傍らで父も確かにうなずいていたのを覚えている。

「しあわせだな」つくづく思った。

そして誓った少しでも思いに沿うようなわたしになろう。
自身への小さな約束をした。

時々父を、母を思う。無口な父におしゃべりな母と、
それなりにバランスのとれたふたりだった。

そんなわたしは、と言うと……。

「父に似て、無口なうえに頑固者」

母の言うには、それもしあわせ。

母の言葉に笑えたな。

時々母が「ぞっとするほどパパに似てきた」

気をつけないと今に……。

焦るわたし。どうなるの？　その先教えて。

いたずら顔のママがいました。

そんなママがわたしは大好きでした。

「パパママわたしはどんな子でしたか？」

「願った名に相応しいわたしですか？」

今、声が聞きたい。

母の手を強く握りたい。

父の手も強く握りたい。

わたしが最後にふたりを見た時の光景。

とてもとても仲の良い、

お互いを思いやる素敵なふたりでした。

母が去り、追うように父も去った。

父が、母がいない現実を受け止めるには時間が必要でした。

今思うこと。

いのちの誕生に思いを託した名をつけ、

どんな人生のものがたりを旅するのか、

これからも父に母に見てもらいたい。

わたしは思う。

この目はわたしの目であり父の目であり、

また母の目でもあると。

わたしが見るものすべては

そんなふたりからの贈り物であり、

又、わたしから父へ母への贈り物です。

短歌で今を。

追いかける

父と母の背

いつまでも

消えゆく姿

在りし日思う

まだまだ未熟です。

これからも見守ってください。

美しく、しあわせな名をありがとう。

いのちのものがたり。まだまだ続きます。

もう少し見ていてくださいね。

わたし

まんまる目

ぽっちゃりほっぺ

リンゴ顔

懐かしいねと

アルバムの中

おりこうさん

お膝にちょこん

すまし顔

誰に似たのか

見つめるふたり

なんだかね

最近ちょっと

疲れぎみ

やすんでよママ

わたしの出番

母の背に

おぶられ聞いた

あの歌を

あの日にもどり

今口ずさむ

世界一

お世話になった

あなたへの

心を込めて

感謝状

はじまりの

人生ゲーム

しあわせを

後半戦で

いざつかみとる

写真の　裏に添えられた　笑えるね。

たったひと言　「ヤンチャな子」

約束を

夢を形に

挑戦を！

見ててパパママ

応援ください

描かれる

未来のわたし

問いかける

今と変わらず

コツコツ励む

遊びたい

猛勉強

あそびたい

もう勉強

したくな〜い

懐かしむ

昔ながらの

味わいに

アイスキャンディー

一本ください

野に沢に

走り回った

駆け抜けた

いつでもボク

いつでも私

全力疾走！

山好きは

高い壁ほど

熱くなる

山あり谷あり

人生楽し！

聞き語り　些細なことも　時同じ

その笑顔　喜び語る

歩んだ道に　友の足跡

人と人　笑顔が笑顔　呼びあい繋ぐ

傷ついた

思わぬことで

口黙る

心の病

時くすりかな

思いやり

ひと言添えて

お願いを

ママの教えに

感謝のわたし

母ゆずり

手際の良さに

目分量

母からわたし

贈られし味

お手本を

一字「夢」と書く

わたしの番

ママを見「夢叶う」と

信じて書いた

父、母

宝もの

木箱の中の

へその緒に

繋がるいのち

親子のあかし

考えに

考えぬいて

まだ悩み

また考えて

決めたんだよ、名

ママ歌う

童謡メドレー

耳すまし

小さく聞こえる

パパの鼻歌

腕をくむ

腕くみかえる

息をのむ

父の風格

口にしなくとも

いのちの名

あなたにキミに

願い込め

パパママ祈る

幸多かれと

誉めてのび

良くできました

又ほめて

その一言に

勝るものなし

姿変え

父はトンボに

母は蝶

しあわせそうに

飛び回っている

仲なおり

些細なケンカ

つまらない

しりとり始めるよ

リンゴのゴーから

熱はどう

おでこにほっぺ

手をあてる

もう大丈夫

両の手でポン

父に似て

無口なうえに

頑固者

母の言うには

それもしあわせ

母の手を　強く握った　父もまた

強く握った　知る絆の深さ

抱きあげた

小さくもろい

我がむすめ

パパ言葉なく

感無量

見ないふり

照れ屋のパパの

メッセージ

いつでもパパは

応援団長

読み聞かせ

主人公に

なりきるママ

時おり涙

思いあふれて

父の目に

うっすら涙の

流れあと

パパパパ言ってた

あの日を思う

真っすぐな

厳しき父の

語らずも

我が子に向けた

優しきまなざし

泣きごとも

笑いにかえる

何ごとも

ワッハッハーと

また笑いにかえる

ケンカした

泣いた笑ったの

繰り返し

そんなものかも

家族の形って

あなたの良さは

自然体

子供心

忘れないでね

ママより

親心

いついつまでも

ありがとう

素直に言える

あなたでいてね

いのちの名

いのち芽生えた

その日から

あなたを思い

思い込めた名

家　族

母の味

大きな大きな

塩にぎり

いっぱい食べて

元気に育って

お正月

恒例行事

かるたとり

親子関係

関係ない

ホッとする

味噌汁の味

たまらない

この具だくさん

満足の味わい

串刺した

イワナ頬張る

父すがた

何でも憧れ

よく真似したな

手がのびる

ジュっと揚げた

いい匂い

ママの手料理

ついつまみ食い

言葉を紡ぐ

エッセー短歌

仕掛けがね

楽しく遊ぶ

心でいっぱい

里の味　みそ汁口に　母の味

卵焼き　母の手ほどき

感慨深い　ホッとするなぁ

真剣に　失敗かさね　知る母の味

パパおんぶ

つぎママ抱っこ

顔うずめ

相変わらずの

甘え上手

はじまった

パパとママはね

の、はなし

何度きいても

嬉し恥ずかし

サックサク

玉ねぎごぼう

ニンジンと

ママ特製の

かき揚げどうぞ

炊きあがり

ああいい匂い

お待たせを

色ツヤ立つ米

甘くておいしいよ

パパの手を

ママの手を取り

わたしの手

みんなで繋ぐ

コタツの中で

お願いよ

キゲンなおして

手のひらに

そっと置かれた

アメひとつ、ママより

とっておき

今日はママの

ネックレス

楽しくデート

大好きパパと

肩ならべ

パパママわたし

緊張の

記念写真は

財布の中に

手袋を　片方失くし　ママの手が

冬晴れの　澄み切った空　父送る

そっと引き寄せ　ポッケでつなぐ

家族揃って　天仰ぎ見る

バババひいて

固まるパパに

ママひくよ

優しいママは

ババ集めが好き

ひと工夫

ごはんみそ汁

隠し味

甘めの卵焼き

我が家の定番

フライパン

これさえあれば

ママのマジック

家族みんなの

しあわせ集め

母の日に

手作りブーケ

父の日に

迷ったあげく

パパへのラブレター

味付けを

美味しくなーれ

何よりも

喜ぶ顔が

あるから、こそ

すきやきの

我が家の味の

決め手はね

父の記憶の

おかあさんの味

始まった

ファッションショー

ママモデル

不定期開催

我が家の恒例

思い出の

一つ一つが

宝もの

今日もひとつ

明日もうひとつ

人生を彩るもの

原っぱの

小さなお池

渡り板

きしむ音よそに

ジャンプジャンプ

チャンスだ

冒険しよう

はじめよう

作家に挑戦

……笑えるね

ピンとくる

ことば遊びの

秘訣はね

一に楽しみ

二にヒラメキ

いつの日も

パパママ見てて

「いのち」のね

「ものがたり」の旅

まだまだ続くよ

久しぶり

胸の高鳴り

ときめきを

昔を思い

ペン走らせる

エッセーに

小さな約束

短歌では

伝える思いは

私そのもの

月うさぎ

見つけるまではと

意地はって

寒空の中

白いため息

ようこそ……

エッセー短歌へ

楽しんで

誰にでもある

日常かも !?

目をつむる　幼きわたし　軒先の

雨音にのり　季節たのしむ

庭に住む

虫の音盛ん

リーンリーン

キリキリ……リリリリ……

ここぞとばかりに

ポツンポツン

傘の出番だ

雨雨ふれふれ〜♪

黄色にピンク

いっぱい咲いたよ

いのちの名

手にとる人の

ひとりでも

想いかさなる

一首があれば

夢に見た

あの日の少女

は、私なの

黙ってただ

ただ一点見つめ

鶴を折る

折り目正しく

真っすぐに

息吹きかける

手の平飛び立ち

頬つたう

そっと寄り添い

手をつなぐ

悲しみのさき

春の訪れ

秘密基地

みんな集まれ

駆けて行く

アリ地獄発見！

誰もが隊長

チュンチュン

今日も来たぁ

チュンチュンチュチュ

お庭大すき

チュンチュチュチュン

新芽のび　町並み木々の　青々と

声をそろえて　どうぞよろしく

ポコポコと

泉のように

あふれ出す

これって才能？

そんな訳なーい

里ことば

見られすわられ

はよ食べられ

浮かぶは母の

うれしちゃ顔（南砺市）

詩にのせて

歌にのせ、今

あなたへと

応援ソング

届くといいな

きっときっと

なるようになる

あなたのね

心かるーく

未来あかるーく

ふわっふわ

夢の羽根つけ

雲にのる

背筋をのばし

飛び立つ今を

風になる

あなたのもとへ

届けよう

やさしい風を

あったかな風を

夢に見た少女

『夢に見たあの日の少女は私なの、
黙ってただただ一点見つめ』

夢を見る
あの少女に
又出会えた
涙がとまらなかった

こみあげる思い
言葉にならない

どこに行ってたの
あなたは誰？
ずっと聞きたかった

何を見てるの
何が見えるの
おしえて

......
......
......

あなたは私？

私なの

......
......

そこにいて

......

ワ・タ・シなのね

会いたかった

会えて嬉しい

そっと

今あなたを抱きしめる

〈 著者紹介 〉

出島 美弥子 （でじま みねこ）

石川県金沢市出身。
社会福祉法人兼六福祉会 理事長。
趣味はギター、音楽鑑賞、読書。
コロナ禍の中、短歌を詠むことに目覚め、
本書を出版するに至った。

歌集 いのちの名

2023年8月18日　第1刷発行

著　者	出島美弥子
発行人	久保田貴幸
発行元	株式会社 幻冬舎メディアコンサルティング 〒151-0051　東京都渋谷区千駄ヶ谷4-9-7 電話　03-5411-6440（編集）
発売元	株式会社 幻冬舎 〒151-0051　東京都渋谷区千駄ヶ谷4-9-7 電話　03-5411-6222（営業）
印刷・製本	中央精版印刷株式会社
装　丁	江草英貴

検印廃止
©MINEKO DEJIMA, GENTOSHA MEDIA CONSULTING 2023
Printed in Japan
ISBN 978-4-344-94580-7　C0092
幻冬舎メディアコンサルティングHP
https://www.gentosha-mc.com/